– Pour le coquin de Louis.
M.

– Pour Eliott et ses parents.
L. R.

Bali
Léa
Maman
Papa

© Flammarion, 2012
Éditions Flammarion – 87, quai Panhard-et-Levassor – 75647 Paris Cedex 13
www.editions.flammarion.com
ISBN : 978-2-0812-6547-9 – N° d'édition : L.01EJDN000777.N001
Dépôt légal : mars 2012
Imprimé en Espagne par Edelvives – 02/2012
Loi n° 49-956 du 16 juillet 1949 sur les publications destinées à la jeunesse
TM Bali est une marque déposée de Flammarion

Magdalena — Laurent Richard

Bali
et les œufs de Pâques

Père Castor • Flammarion

Aujourd'hui, c'est Pâques.
– Les cloches sont passées, dit Papa.
– Mais on n'a pas de jardin,
dit Bali déçu, on n'aura rien.
– Viens voir, je suis sûr
qu'elles ont déposé des choses
dans la maison.

Tout excité, Bali commence par chercher dans la cuisine. Il ouvre le frigo.
– J'ai trouvé !
– Mais non ! dit Papa, ce sont des œufs de poule pour l'omelette, ceux-là ne sont pas en chocolat.

Sur la pointe des pieds,
Bali voit dans l'évier un poisson
sur une assiette.
– On dirait un vrai, dit-il en l'attrapant.
Puis il ajoute :
– Non, il sent bon le chocolat, celui-là.
Il est pour moi !

Et zou ! dans son panier à roulettes.

Dans le salon, Bali trébuche sur la bosse du tapis.
Il découvre un gros œuf en chocolat blanc.
Il l'ouvre en deux, et plein de bébés œufs colorés roulent sur le tapis.
– Oh ! les jolies petites billes, dit Bali.

Et hop ! dans son panier à roulettes.

Bali poursuit dans la salle de bains.
Il y a des lapins accrochés à l'étendoir.
Bali rit :
– Ils vont avoir les oreilles décollées
si je les laisse ici.

Et vlan ! dans son panier à roulettes.

Petit à petit, le panier à roulettes
de Bali se remplit.
Bali dit à Léa :
– Tu sais, là-dedans il y a beaucoup
de chocolats pour moi car je suis grand,
et un peu pour toi car tu es plus petite.

Léa suit Bali.
De sa petite main, elle saisit un chocolat par-ci, un chocolat par-là, qu'elle laisse ensuite traîner derrière elle.
Bali ne se rend compte de rien.

Dans la chambre de Papa et Maman,
une poule et ses petits sont endormis.
Bali les ramasse sans bruit.
– Je prends toute la famille, dit-il.

Et ploc ! dans son panier à roulettes.

Dans sa chambre, Bali ne trouve rien.
– Regarde bien, dit Maman.

Bali voit un coq en chocolat sur sa table de nuit.
Il lui croque le bec et dit :
– Comme ça, il ne me réveillera pas en chantant.

Et tac ! dans son panier à roulettes.

Bali a fini sa tournée.
Il vide son panier pour admirer son butin.
Mais il ne reste presque rien !
Papa et Maman rient.
En famille, ils font le chemin inverse
pour ramasser les chocolats égarés.